15967

LE RETOUR

DE

L'AIGLE

POÉSIE LYRIQUE

PAR FÉLIX BOUDIN

A GOURNAY-EN-BRAY
Chez LETAILLEUR-ANDRIEUX, Imprimeur-Libraire
ET CHEZ L'AUTEUR
A MÉZANGUEVILLE (Seine-Inférieure)

1856

A Leurs Majestés

IMPÉRIALES

L'EMPEREUR NAPOLÉON III

ET

L'IMPERATRICE EUGÉNIE

HOMMAGE
du Dévouement et de l'Attachement sincères de l'Auteur,
leur Sujet
très-fidèle et très-respectueux

FÉLIX BOUDIN

15967

Ye
1-56

LE RETOUR

DE

L'AIGLE

OU LE

TRIOMPHE APRÈS L'EXIL

POÉSIE LYRIQUE

PAR FÉLIX BOUDIN

A GOURNAY-EN-BRAY,
CHEZ LETAILLEUR-ANDRIEUX IMPRIMEUR-LIBRAIRE
ET CHEZ L'AUTEUR,
A MEZANGUEVILLE (Seine-Inférieure).

1856

INTRODUCTION

Dans cette pièce de vers, qui ne fut pas écrite pour être mise au jour, on pourra trouver beaucoup de vrai, mais point de sublime et rien de neuf. Ce serait même en vain qu'on y chercherait cette versification brillante, ce charme et cette élégance de style, apanage heureux de l'expérience et du talent. Ces précieuses qualités, qui font toujours à bon droit la fortune d'un ouvrage littéraire, ne protégent point l'avenir de celui-ci, qui ne doit qu'à sa modeste origine, et au parfait désintéressement qui l'a vu naître, le peu de mérite qu'on veut bien lui donner. C'est le travail d'un obscur Étudiant qui s'exerce à la poésie, et non celui d'un homme qui a mûri dans les belles-lettres; c'est un chant prématuré, téméraire peut-être, échappé naturellement à l'enthousiasme, et le langage auquel il appartient n'est point celui qu'on parle à l'Académie, mais celui qu'on étudie au collége. Heureux donc si le public auquel il est offert, prenant en considération les nombreux désavantages qui lui sont inhérents, et la sincérité des aveux qu'on va lui faire ci-après, ne condamne pas impitoyablement tout ce qu'il y surprendra de médiocre ou d'imparfait, mais veut bien, censeur aussi juste qu'indulgent, l'accueillir tout à la fois avec l'équité qui corrige, et la bienveillance qui pardonne!

En proie depuis son rétablissement à la fureur des partis, et battue chaque jour en brèche par leurs dissensions et leurs cabales, la République, mal étayée par l'utopie, venait de s'écrouler une fois encore. Et cette fois on avait plus que jamais applaudi à sa chute; plus que jamais on l'avait envisagée comme un immense bienfait; car, de tous les fléaux qu'on avait redoutés comme devant l'accompagner, aucun n'était venu, dans ces jours de crise et d'effroi, changer en désespoir l'anxiété des populations. Guidée par une main sage et conservatrice, la révolution d'alors, qui avait pour tâche unique celle d'écraser inopinément les factieux, n'avait point suivi, dans son œuvre d'anéantissement, l'ordinaire et déplorable voie de nos révolutions. Elle n'avait point ensanglanté la France; elle n'avait point ébranlé l'Europe; et, dans toute la nation, elle n'avait fait couler de pleurs que ceux des parasites qui la rongeaient. Il est vrai que, parmi ces derniers, quelques-uns des plus insatiables et des plus mutins avaient tenté sur l'heure un suprême effort, comme s'ils eussent voulu, malgré leur isolement, effrayer le vainqueur et rallier des complices, en montrant qu'il y avait encore en eux tout ce qu'il fallait de rage et de venin pour une lutte acharnée : mais le stratagême n'avait point réussi. Le même génie, qui avait surpris et déjoué leurs projets d'anarchie, avait également su prévenir ou paralyser leur révolte; et quelques jours s'étaient à peine écoulés, que pas un bras n'eût osé se déployer, pour relever de la fange l'idole avilie. Sous le regard menaçant de l'*Aigle*, qui venait réclamer sa place au front de nos drapeaux, les factieux s'étaient enfuis épouvantés, emportant avec eux cette fièvre d'idées subversives et de principes désorganisateurs qu'ils avaient tant essayé de propager; et la France, qui se voyait enfin délivrée d'eux et de ce qu'ils nommaient si improprement la *liberté;* la France, que Napoléon venait d'arracher aux nouvelles calamités qu'ils lui préparaient, pour la ramener, par la voie de l'union, de la confiance et du travail, à un état de prospérité qu'elle n'osait plus espérer, la France avait alors senti dans toute leur plénitude, et la grandeur du péril qu'elle avait couru, et l'importance du service qui l'en avait tirée. C'est alors que parut terminée la tâche héroïque du Prince, et qu'on vit tout à coup succéder, aux mornes jours de la misère et de l'angoisse, ces jours magiques de la réjouissance, où la gratitude populaire, immense comme le bienfait qui la faisait naître, saluait par mille chants d'allégresse le rétablissement du bien-être et de la sécurité : transition merveilleuse, transition sublime, qui présageait clairement déjà le prochain accomplissement de la grande œuvre!

L'avenir si longtemps nébuleux, si longtemps impalpable pour tous, venait enfin de s'éclaircir, et c'était maintenant pour s'en saisir et le consolider que la nation enthousiasmée se levait toute entière. Heureuse et fière de sa liberté d'action, conseillée d'un côté par le devoir, conseillée d'un autre par ses plus chers intérêts, quelle imposante énergie, quelle assurance elle apportait maintenant dans la manifestation de ses sentiments et de sa volonté! Ce n'était plus cette nation prudemment soupçonneuse, qui, trébuchant naguères encore dans les réseaux machiavéliques des partis, n'avait tout au plus en perspective que des éventualités, et ne pouvait battre un moment des mains sans frissonner elle-même au bruit de ses applaudissements : maîtresse enfin de ses riantes destinées, c'était maintenant une nation qui ne songeait plus qu'à les sauvegarder, jalouse qu'elle était de les voir s'épanouir à l'abri d'un gouvernement glorieux et protecteur. Et c'étaient maintenant les représentants de tous les pouvoirs, c'étaient les conseils divers de tous les départements, c'étaient les diverses corporations de toutes les villes, c'étaient, enfin, jusqu'aux humbles municipalités de nos campagnes, qui venaient simultanément, et au nom de la France universelle, témoigner de leur gratitude au Chef de l'État, et féliciter en lui le restaurateur de la paix et de la prospérité publiques. L'imagination s'enflamme, et le cœur se dilate encore au souvenir de ces beaux jours..... Quelle majestueuse solennité dans les hommages! Dans la reconnaissance, quelle effusion, quelle touchante unanimité! C'était partout la même pensée, partout les mêmes désirs, partout la même exclamation triomphale et joyeuse : — L'Empire!... l'Empire héréditaire!... — Et l'Empire était rétabli.

Cependant tous les vœux n'étaient point comblés encore. Si la mémoire des calamités passées ajoutait un charme de plus à la félicité présente, il n'en était point de même des prévisions de l'avenir; car une fatale expérience était là, qui venait comme désenchanter le bonheur, en rappelant à la nation combien le bonheur pour elle avait toujours été fragile. L'Empire, il est vrai, venait de sauver la France; c'était maintenant par l'Empire que la France était heureuse; mais le serait-elle longtemps, le serait-elle toujours? Reposait-il, cet Empire, sur une base impérissable? Héritage précieux, devait-il, comme un gage de leur bien-être, passer intact aux générations futures? Hélas! non; et c'était même sous peu d'années que la race actuelle aurait à pleurer sa perte, car il lui manquait un principe de vie, un élément de perpétuité! Telle était maintenant la préoccupation générale. Et pourtant, une loi tout récemment promulguée aurait du consoler les cœurs et rassurer les esprits, puisque par elle, et malgré la cause même qui d'avance inspirait tant de craintes, l'Empire devait rester encore le patrimoine de l'héroïque famille (1). Mais cette considération, si capable en d'autres temps de raffermir l'espérance et de provoquer la plus vive allégresse, semblait produire alors un effet tout contraire. Si toutefois, prenant à tort pour un fait accompli ce qui n'était encore qu'une chose très-éventuelle, on s'obstinait à voir un remède désespéré dans ce qui n'était, de la part du législateur, qu'une mesure sage et prudente; si l'on s'attristait, si l'on se désolait presque à la seule pensée d'une adoption envisagée dès lors comme inévitable, hâtons-nous de le dire pour toute justification, cette erreur, ces alarmes populaires n'avaient rien de blessant pour qui que ce fut, car elles n'étaient point le fruit d'un caprice aveugle, mais la conséquence nécessaire de l'enthousiasme et de la reconnaissance. De grands événements venaient de s'accomplir: ils étaient l'œuvre éminemment salutaire, l'œuvre à jamais glorieuse de Napoléon III. — Or, n'était-ce pas tout dire? N'était-ce pas assez pour qu'il devint, de la part du peuple, l'objet d'un culte passionné,

(1) Par voie d'adoption. (*Moniteur des Communes*, n° 39, du mois de nov. 1852). (*Note de l'Auteur.*)

d'une préférence exclusive?... Oui, sans doute; et quand ce même peuple s'effrayait, parce qu'il ne voyait encore rien de positif dans une adoption que la perte qu'il ferait un jour du prince qui l'avait sauvé; quand il s'effrayait, parce qu'une adoption brisait, avec son plus beau rêve, l'espoir qu'il avait conçu d'une succession plus directe, peut-être avait-il trop de prévoyance, mais il avait encore plus de justice, et méritait plutôt des louanges que des reproches. A cette époque, et sous l'influence de pareilles considérations, il était naturel que l'avenir lui parut compromis, et qu'à ses yeux l'Empire décoloré perdit de son prestige.

Mais, quand le jour des actes sublimes est une fois arrivé, quand le moment est venu de protéger ou de rétablir la sécurité du pays, on sait qu'alors Napoléon n'hésite plus, ne temporise plus : Napoléon se lève, combat ou prononce, et la patrie calmée redevient heureuse! Ainsi naguères, quand l'Anarchie se dressait menaçante, et que la nation terrifiée se croyait irrévocablement perdue, quelques jours lui avaient suffi pour terrasser la géante, et dissiper avec sa horde l'épouvante qu'elle inspirait. Maintenant que le péril plus éloigné présentait moins de gravité, les appréhensions que nous venons de signaler s'étaient évanouies plus soudainement encore. Pour rassurer le Sénat, les Corps diplomatiques et la France entière, Napoléon n'avait eu que deux mots à dire: un mot à la politique inquiète et craintive, un mot à la plèbe aimante et souffreteuse. Mais il y avait en eux quelque chose de solennel et de magique; il y avait une *Impératrice* pour l'une, il y avait une *Joséphine* pour l'autre, pour toutes deux l'avenir sans limites, la sécurité, le bonheur à jamais (1)! Aussi, quand l'heure approcha de ratifier la promesse impériale, et que, moins belle encore de ses charmes que de ses vertus, la noble fille des Guzman parut au milieu de nous, on eût pu croire, en voyant les manifestations soudaines et répétées de la satisfaction publique, en voyant les fêtes quelque temps interrompues recommencer partout à son aspect, on eût pu croire que sa présence était déjà, pour la France enchantée, la source et le gage d'une félicité que rien désormais ne pouvait plus augmenter ni détruire!

Et pourtant, toutes délicieuses, tout animées qu'elles paraissaient déjà dans l'intérieur des familles,

(1) Celle qui est devenue l'objet de ma préférence, « avait dit l'Empereur dans son magnifique discours, » est d'une naissance élevée. Française par le cœur, par l'éducation, par le souvenir du sang que versa son père pour la cause de l'Empire, elle a, comme Espagnole, l'avantage de ne pas avoir en France de famille à laquelle il faille donner honneurs et dignités. Douée de toutes les qualités de l'âme, elle sera l'ornement du trône, comme au jour du danger elle deviendrait un de ses courageux appuis. Catholique et pieuse, elle adressera au ciel les mêmes prières que moi pour le bonheur de la France. Gracieuse et bonne, elle fera revivre dans la même position, j'en ai le ferme espoir, les vertus de l'impératrice Joséphine.

(*Note de l'Auteur.*)

où l'impatience populaire les réveillait avant l'heure, ces fêtes n'étaient encore qu'un faible avant-goût, qu'une ombre à peine de ce qu'elles allaient bientôt devenir. Bientôt, grâce à l'empressement du gouvernement et au zèle des particuliers, qui rivalisaient d'activité pour l'ordonnance des préparatifs, une scène plus éblouissante et plus vaste allait s'ouvrir devant elles, et les enrichir alors d'une nouvelle et dernière splendeur. Car on touchait enfin à ces jours pompeux, à ces jours sacrés où la Religion et la Loi, devenues les dépositaires de leur foi mutuelle, allaient conjoindre et bénir les fiancés augustes. Déjà les joyeuses fanfares, déjà les premiers cris d'hymen commençaient à retentir. On voyait déjà de toutes parts, et dans toute la magnificence d'un appareil inusité, les bataillons s'ébranler à la voix des chefs, les longues files d'une milice étincelante se déployer au loin pour la parade, et de brillants cortéges, guidés par une cavalerie d'élite, onduler majestueusement des Tuileries à l'Élysée, tandis qu'une foule compacte, accourue en toute hâte de tous les points de l'Empire, envahissait à flots pressés toutes les places de la capitale. En un mot, quelques moments encore d'une avide espérance, quelques moments encore d'une indicible attente, et les vœux de ce public idolâtre auraient enfin leur accomplissement : l'heure solennelle et sainte fixée pour l'ouverture de la grande cérémonie, l'heure des religieux prestiges allait enfin sonner pour lui, provoquée tout à coup par la voix tonnante du canon des Invalides !

Mais pourquoi, dépassant notre but, tenterions-nous de retracer ici toutes les merveilles qui signalèrent ces beaux jours? Comment dépeindre assez dignement ce que devinrent, alors et partout, les démonstrations d'amour, les vœux et les hommages des populations? Ce n'est pas à distance et de sang-froid qu'on peut risquer avantageusement l'esquisse de pareils tableaux, et ne pouvant en cela qu'avouer ingénument notre impuissance, nous renvoyons nos lecteurs à leurs propres souvenirs, en laissant au plus doux sentiment de leur âme le soin de leur en ébaucher la peinture.

Toutefois, nous ne saurions nous dispenser de consigner ici, tant pour l'édification commune que pour l'instruction de plusieurs, un trait marqué de haute bienfaisance, qui devait faire, par après, le plus grand honneur à la magnanimité de Leurs Majestés, mais qui passa d'abord presque inaperçu, pour ne pas dire mal apprécié, quoique dès lors il méritât d'intéresser vivement la France universelle, ou plutôt l'humanité toute entière.

Comme une révolution ne traverse point un pays sans y laisser des vainqueurs, des vaincus et des victimes, le lendemain d'une révolution, quelles que soient d'ailleurs les circonstances qui viennent l'embellir, n'est point un jour de félicité générale et parfaite. Des intérêts succombant sous des intérêts, des sentiments tout à fait incompatibles, des passions entièrement opposées entre elles, et, par-dessus tout, des exclamations de douleur et de joie que la fortune favorable et contraire excite confusément autour d'elle, voilà ce qui signale ordinairement ce jour plein de disparités et de contrastes. Parmi ceux qui combattaient la veille, il en est, à la vérité, pour qui le champ de bataille se transforme alors en joyeux amphithéâtre; mais il en est aussi pour qui sa funèbre arène, loin de se cacher sous un nom plus doux, paraît s'élargir encore plus désolante et plus sombre : car, pour ces compatriotes qu'un système a fait ennemis, il y a souvent alors toutes les conséquences d'une guerre opiniâtre, et s'il est d'heureux vainqueurs que la gloire couronne et la récompense appelle, il est aussi des vaincus gémissants, il est aussi des victimes éplorées, que l'humiliation flagelle et la vengeance opprime!

Or, tel était, à peu de chose près, l'état boiteux de la nation française, à l'époque où se préparaient les fêtes qui nous occupent. Semblable en quelque sorte au bon Villageois de la fable, l'imprudente avait recueilli dans son sein l'hydre engourdie, et l'hydre une fois réchauffée l'avait çà et là couverte de ses morsures. A vrai dire, et pour user des termes indiqués par notre comparaison, la cognée, dès lors, avait tiré vengeance de la bête ingrate; mais les blessures empoisonnées du reptile n'en existaient pas moins, et pour sauver de toute maligne influence les parties saines du corps social, il avait fallu que l'amputation eût lieu, et que cette même cognée en retranchât sans pitié les membres gangrénés ou soupçonnés de l'être. La déportation, l'internat politique et la détention temporaire, telles étaient les armes que venait d'employer la révolution faite ordre, pour sévir contre ces factions traîtresses que la nation avait d'abord fomentées, et qui bientôt avaient failli la conduire à sa perte. Cependant, comme une calamité ne va point sans une autre, et que c'était au sein des masses populaires que la contagion avait exercé le plus de ravages, c'étaient elles, c'était *le peuple* qui avait eu, dans cette cure indispensable, la plus large part de souffrances à endurer. Aussi, maintenant que la reconnaissance l'appelait à se lever, pour rendre grâces de sa conservation au bras puissant qui l'avait secouru, dispos d'un côté, mais impotent de l'autre, le grand malade hélas! n'était pas à ressentir que la fièvre et la douleur habitaient encore une partie de ses membres, et que cet effort allait rouvrir en lui mille blessures non encore cicatrisées. Tel était, comme nous l'avons dit précédemment, l'état de la nation française à cette époque : mélange incohérent de bien-être et de souffrance, d'espérances et de craintes, au milieu duquel l'alliance impériale, diversement accueillie par des passions contraires, allait peut-être exciter autant de gémissements que d'acclamations : car, — pouvait-on se le dissimuler? —

si elle venait confirmer le triomphe et la félicité des uns, elle viendrait confirmer en même temps la ruine et le châtiment des autres; et pendant que les premiers seraient conviés à se réunir, pour savourer à longs traits toutes les délices de la fête enivrante, enfants souillés que repoussait la France, les derniers devraient s'isoler pour pleurer, peut-être même pour maudire !

Et cependant, les espérances étaient seules fondées, les craintes ne l'étaient pas ! Il est vrai que le crime était manifeste et la punition méritée; il est vrai que l'entière application de la peine pouvait être aussi prudente alors qu'elle était légitime : — mais la clémence est la justice des grands cœurs ! — mais un Ange tutélaire, l'Ange des malheureux était là, l'oreille attentive à leurs plaintes, l'œil ouvert sur leurs souffrances, le cœur débordant pour eux d'une affection généreuse et puissante; — mais il ne fallait pas, au moment où elle le posait avec tant d'amour sur son front, que la France mouillât d'une larme amère le diadême de sa nouvelle Joséphine; et l'infortune partout consolée renaissait maintenant à l'espérance; et les chaînes tombaient partout des mains des coupables; et des milliers de condamnés, qui devaient, loin de leurs foyers et du banquet de la nation, n'accueillir ces beaux jours qu'avec les soupirs du regret ou les clameurs du blasphême, rendus tout-à-coup aux jouissances de la vie de famille, et mêlant

[library stamp]

leurs acclamations joyeuses aux dernières acclamations de la foule, bénissaient maintenant en recevant leur grâce de la main qui les avait châtiés (1)!

Nous ne chercherons pas plus à établir ici quelle part eût l'Empereur à cet héroïque bienfait, qu'à découvrir celle qui dut avoir sa magnanime épouse; digne de l'un comme de l'autre, il fut, n'en doutons pas, le fruit commun de cette générosité qui leur est naturelle à tous deux, l'œuvre simultanée de leur noble compassion pour le malheur: s'il en eût été autrement, si la bienfaisance aujourd'hui si connue de l'Impératrice n'eût pas été appelée à y concourir, c'est que l'Empereur, obéissant isolément aux inspirations de sa clémence et de son amour, aurait voulu se ménager, dans ce bel acte, un nouveau moyen de charmer la vertueuse compagne qu'il s'était choisie: car il n'ignorait pas, lui qui l'avait si bien appréciée, que rattacher à la mémoire de leur union celle d'un bienfait de cette nature, serait s'attirer de sa part la plus délicieuse approbation, et que, de toutes les fleurs de sa couronne nuptiale, celle-là ne resterait pas la moins embaumée pour elle, ni la

(1) Le nombre des condamnés, graciés à l'occasion du mariage de Leurs Majestés, dépassa trois mille. En outre, l'autorisation de rentrer en France venait d'être offerte à quiconque déclarerait se soumettre loyalement au Gouvernement que la nation s'est donné, et s'engager d'honneur à en respecter les lois. C'était par là même accorder leur grâce à 12,000 transportés.

(Note de l'Auteur.)

moins chère à son cœur: — les grandes âmes se comprennent et se font fête à leur manière!

Cependant, nous l'avons dit et nous le répétons à regret, cette amnistie généreuse, accordée pour ainsi dire à trois pas du crime, ne fut pas accueillie d'abord comme elle méritait de l'être. Croirait-on qu'au moment d'applaudir, les masses populaires restèrent quelque temps silencieuses et glacées? — Nous sommes bien éloigné de vouloir ici nous poser en Aristarque, mais nous ne saurions néanmoins le dissimuler, cette hésitation du peuple en face de traits semblables, en face de pareils bienfaits qu'une reconnaissance aussi prompte que générale devrait toujours payer sur l'heure, nous parait tout-à-fait inexplicable. Eh! quoi, nos compatriotes, pour la plupart, seraient-ils donc naturellement insensibles à toute infortune qui ne leur est point personnelle, à toute grande action qui ne leur profite pas individuellement?... ou bien, doit-on encore au malheureux coupable indifférence et mépris, lorsqu'au moment du pardon il ne lui reste plus de son crime que le repentir qui l'efface?...

Sans chercher plus longtemps à en pénétrer les causes, nous jeterons un voile d'oubli sur cette froideur inaccoutumée des masses, parcequ'elle ne fut que momentanée, et qu'elle ne rabaisse d'ailleurs en rien la sublimité de l'acte impérial. Produit au milieu de circonstances qui étaient de nature à l'empêcher, et dans une de ces phases politiques si sujettes aux variations, il restera toujours aussi touchant que neuf dans les fastes des rois, et devra paraître à tous ce qu'il nous parait à nous-même, — la noble et sainte inspiration du courage et de l'humanité. Disons plus; — dans la gloire et l'enivrement de son triomphe, lorsqu'on suffit à peine à la jouissance de sa félicité, se souvenir encore de ses ennemis qui souffrent, et ne s'en souvenir que pour les soulager; pardonner généreusement à leur crime, et vouloir que, passant inopinément des larmes à la joie, ils goûtent leur part d'un bonheur qui ne semblait fait que pour aggraver leurs maux, c'est alors plus que de la clémence, plus que de la grandeur d'âme, — c'est la fleur de la plus belle des vertus, c'est l'héroïsme de la charité! Dans Rome ancienne, — quel saisissant contraste! — les Césars victorieux se faisaient escorter par leurs vaincus chargés de fers, ou les attelaient pleins de honte à leurs chars, pour ajouter encore à la magnificence de leur triomphe!... Hommes à peine sous un masque héroïque, ils cédaient au plaisir que procure la vengeance, mais valait-il celui que procure la vertu?.....

En retraçant à ses lecteurs les principaux événements qui ont immédiatement précédé ou suivi la proclamation de l'Empire, l'Auteur, quoiqu'il se soit peut-être engagé parfois dans des discussions qui paraîtront un peu longues, n'a pas cru cependant remplir une tâche entièrement inutile. Il faut bien, quand on offre au public une œuvre dont l'origine seule peut expliquer la faiblesse, tenir un compte exact des circonstances qui l'ont fait naître, et c'est le but qu'on s'est proposé d'atteindre en écrivant ces pages. On se rappelle encore quel langage poétique et brûlant parlait l'enthousiasme en France, à la suite des merveilleux changements qui venaient de s'y opérer. Ils étaient devenus, ainsi qu'on l'a dit plus haut, la source intarissable d'éloges aussi pompeux que mérités; c'était dans les termes les plus flatteurs qu'ils étaient commentés par les feuilles publiques de tous les pays; et les poëtes, dont le privilége est de sentir et d'exprimer les premiers quel est le prix d'une grande action, célébraient à l'envi le génie puissant qui les avait exécutés. Or, quand on a vingt ans et du patriotisme, le moyen de rester insensible et froid au milieu de tant d'enthousiasme et de gratitude? C'est l'âge, c'est l'état ou l'imagination, toute délirante qu'elle est d'impression et de jeunesse, se laisse séduire au besoin tout-à-coup ressenti de s'épancher, puis se risque en aveugle, et sans consulter ses forces, au milieu des entreprises les plus téméraires. Si telle n'est pas l'histoire de tous les essais poétiques, dans lesquels l'inexpérience a traité de grands sujets, telle est du moins celle du *Retour de l'Aigle*, et c'est sur quoi se fonde celui qui en est l'Auteur, pour appeler tout à la fois l'indulgence publique, et sur l'imprudence de l'entreprise, et sur les vices de l'exécution. Ces derniers sont nombreux sans doute; mais les principaux d'entre eux qui frapperont le lecteur, seront toujours ceux qui contreviennent le plus grièvement aux lois établies par les maîtres de l'art, et celui de ne s'être pas toujours astreint à la marche uniforme de l'ode, ni aux règles sévères de la poésie lyrique, ne saurait passer pour un des moins graves. L'Auteur, cependant, ne cherchera point à s'en excuser, en citant en sa faveur d'illustres modèles. Il se contentera de dire que, lorsqu'on ne possède encore le talent qu'en rêve, et qu'on travaille comme il l'a fait à la manière des écoliers, on écarte toujours assez volontiers de son ouvrage toute entrave qui paralyse l'inspiration. De plus, il peut ajouter qu'il s'est permis ces licences avec d'autant moins de scrupule, qu'il n'écrivait point son œuvre avec la prétention ni l'espoir de la publier un jour, et que, si le succès ne couronnait pas ses efforts, il n'aurait du moins à en rougir que devant quelques amis, censeurs du reste assez peu rigides de ses écarts littéraires.

Mais,—lui dira-t-on peut-être,—puisque vous-même reconnaissez aujourd'hui quelle est l'imperfection de votre ouvrage, au lieu de l'exposer aux malignités de la critique, et de compromettre votre avenir en le publiant, pourquoi ne le brûlez-vous pas? — Il peut répondre à cela qu'il lui est aussi impossible en ce moment de ne pas le publier, qu'il lui fut impossible il y a trois ans de ne pas l'écrire. A cette époque, où l'admiration et la reconnaissance étaient devenues aussi générales qu'éloquentes, entraîné qu'il était par l'exemple commun, et tout plein, d'ailleurs, de cette ivresse qui nait d'une passion politique satisfaite, c'était avec amour et bonheur, c'était par devoir même qu'il cherchait à mêler sa voix timide à la grande voix populaire. Aujourd'hui, c'est encore sous l'influence des mêmes sentiments, c'est encore pour remplir une sainte oblgation du cœur qu'il met au jour son œuvre d'alors. Le vif désir où il est d'opérer quelque bien en servant la bonne cause, et la ferme assurance de pouvoir y arriver, qui lui est donnée par ces mêmes amis dont il a parlé plus haut, devront en cela justifier sa conduite ou lui servir d'excuse. Il confessera, cependant, qu'il ne s'est décidé qu'après une bien longue hésitation. Moins enclin à la présomption qu'à une juste défiance de lui-même, il a combattu longtemps les sollicitations de ces hommes trop prévenus peut-être en sa faveur. Il croyait même armer sa résistance de raisons qui triompheraient de leur poursuite, en leur opposant d'abord la multiplicité des ouvrages composés à peu près sur le même sujet que le sien, dans le même temps ou depuis, et par des écrivains d'un ordre supérieur; en leur faisant envisager ensuite quelle était sa jeunesse, et quelles seraient les récriminations que soulèverait contre lui le droit qu'il avait usurpé, dans les dernières strophes de son poëme, de flétrir ceux des proscrits restés sourds à l'appel impérial; en leur citant, enfin, ces vers redoutables de l'un d'eux (1), qu'on ne manquerait pas de lui jeter à la face en pareille occasion :

> Insensé, quel orgueil t'entraîne?
> De quel droit viens-tu dans l'arène
> Juger sans avoir combattu?... —
> Censeur échappé de l'enfance,
> Laisse vieillir ton innocence
> Avant de croire à ta vertu.

mais toutes ces raisons et bien d'autres encore leur ont paru faibles ou vaines, toutes ces craintes puériles et mal fondées. Ils lui ont répondu constamment, avec M. le comte de Ségur, que la gloire des grands écrivains dont il parlait devait plutôt exciter son émulation que le porter au découragement; que d'ailleurs il s'agissait moins pour lui d'un but glorieux que d'une intention louable, et que si le sort ne nous donne pas le talent qui rend célèbre, il dépend presque toujours de nous de faire un travail qui nous rende utiles. Ils lui ont démontré, en même temps, qu'il n'y avait point d'injustice à flétrir des hommes injustes, des hommes assez traîtres envers leur pa-

(1) M. Victor Hugo, *Odes et Ballades*.

trie pour avoir conjuré sa ruine, assez impudents pour ne répondre à la voix de l'honneur que par le mépris ou l'insulte, assez pleins d'égoïsme et d'orgueil pour croire leur opinion personnelle préférable à l'opinion de tout un peuple. Ils ont ajouté qu'en France, où la constance n'est point une vertu générale, où la mémoire d'une belle action s'efface aussi promptement que le souvenir d'un crime, où les malintentionnés continuellement aux aguets n'aspirent qu'à ranimer les dissensions, il était du devoir de quiconque aime l'ordre et son pays de travailler, selon ses forces, au maintien de l'un pour la prospérité de l'autre; — qu'il avait déjà rempli la plus grande partie de cette obligation, en disant dans quel abîme de maux les ennemis de la nation menaçaient de la plonger naguères; en expliquant ce qu'elle doit de reconnaissance et d'inébranlable fidélité au noble Prince qui l'a défendue contre eux; en dévoilant, enfin, les calamités dans lesquelles ils ne manqueraient pas de la faire retomber, si, prêtant une oreille imprudente à la perfidie de leurs suggestions, elle pouvait devenir assez ingrate un jour, assez ennemie de l'ordre et d'elle-même, pour opposer au drapeau de l'Empire, qui lui garantit travail et bien-être, l'étendard encore tout ensanglanté des factions; — et ils ont conclu de là que c'était s'être avancé bien assez loin pour n'avoir plus le droit de rétrograder; qu'il y aurait même injustice et pusillanimité à ne pas fournir le reste de la carrière, et que c'était en l'exposant au grand jour qu'il devait couronner son œuvre (1).

Or, comme il y avait dans ces représentations tout ce qu'il fallait pour le convaincre et l'encourager, l'Auteur s'est cru dispensé de toute réplique, et il publie son ouvrage sur la foi du succès qui lui est promis. Si, tel qu'il est, il parvient effectivement à opérer quelque bien; s'il rend un peu d'espérance au père de famille qui travaille et qui souffre; s'il inspire quelque crainte à l'homme de parti, qui croit trouver son intérêt à plonger le peuple dans la détresse; s'il arrête une pensée criminelle dans l'âme de ceux qui rêvent encore le désordre; s'il éveille dans le cœur du vieux guerrier quelque grand souvenir qui l'attendrisse et le console; s'il excite dans celui du soldat plus jeune cette noble émulation qui commande le courage et le dévouement; enfin, s'il peut ajouter un faible rayon à l'auréole napoléonienne, à la gloire nationale, heureux l'Auteur alors, mille fois plus heureux qu'il n'aurait osé l'espérer!... Fier de ces précieux résultats, il trouvera dans leur essence

(1) En attendant qu'il puisse mieux s'acquitter de tout ce qu'il doit à leur bienveillante amitié, qu'il soit au moins permis à l'Auteur de citer ici les noms de ces hommes généreux, noms bien connus, dans nos chaumières brayonnes, de quiconque a besoin d'un bon conseil, d'une protection ou d'un service : ceux de MM. Étienne Parmentier, maire du bourg d'Argueil, Choppin, son adjoint, Courtès-Bringoux, receveur des domaines à Cosne, Maillet, directeur de postes à Forges-les-Eaux, et Pierre Blondel, d'Elbeuf.

même un encouragement des plus puissants, et une récompense assez douce pour lui faire regretter de s'en être privé jusqu'alors, en ne payant pas plus tôt sa part de la dette commune.

Félix BOUDIN.

Mezangueville, juin 1856.

ENVOI

ENVOI

Aux pieds du Héros que j'admire
Allez déposer votre encens, —
Allez, premiers-nés de ma lyre,
Allez, premiers-nés de mes chants !
C'est l'heure où la fleur printanière
S'ouvre aux regards de la lumière,
Comme un cœur pur s'ouvre à l'amour...
C'est l'heure où du sein de l'aurore
Tout ce qui naît ne semble éclore
Que pour fêter le roi du jour !

— « Malheur à l'aiglon qui s'élance
Trop jeune au foyer du soleil... —

A nous, si ta folle imprudence —
Nous fait risquer un vol pareil !
Enfants d'un plus humble hémisphère,
Si haut hélas ! qu'irions-nous faire,
Que poindre et tomber dédaignés?...
Qu'importe à la gloire, au génie,
La vague et timide harmonie —
Dont nous marchons accompagnés? — »

L'amour, courrier pur et fidèle
Du Héros qui vous inspira, —
Beaux chants, vous prêtera son aile,
Et le Héros vous sourira !... —
Quand le zéphir les trouve écloses,
L'aimant zéphir prend soin des roses,
Même aux jardins les plus communs...
Puis, s'envolant plein de leur être,
Porte au Dieu bon qui les fit naître
Le doux tribut de leurs parfums !

« — L'amour est volage et perfide ;
Il n'est assidu qu'à trahir ; —
L'espoir qui déçoit est son guide ;
L'espoir le mène au repentir.
Ami, si ta candeur séduite —
Nous abandonne à sa conduite,
Que de pleurs te sont réservés !
Tes chants, orphelins près du trône,
Bientôt périront sous la zône
Où ta foi les croira sauvés ! — »

Périr d'un trépas qu'on affronte
Vaut mieux que l'attendre du sort...
L'oiseau des nuits meurt dans sa honte,
L'oiseau des cieux chante à sa mort!
Du cygne expirant sur la plage,
A vous d'imiter le langage, —
Pour embellir ce morne instant...
Pour jeter un hymne à la gloire,
Un mot d'hommage à la victoire,
Un cri d'anathême au méchant!

« — Silence à nous comme à ton zèle,
Silence à tes vœux superflus!...
Sa gloire en tout brille immortelle,
Et les méchants n'existent plus.
Jamais, sur le sol de la France,
Dieu n'épancha plus d'espérance,
Dieu ne versa tant de secours... —
Et, pur de toute ombre anarchique,
Jamais l'horizon politique —
N'y présagea de si beaux jours! »

Ici, pour embraser la terre, —
Et là, pour insulter aux cieux,
Toujours quelque effort du tonnerre,
Toujours quelques vents orageux!
En vain votre erreur me rassure;
Dans l'ombre on menace, on conjure...

J'entends les partis chuchoter ! —
Au bruit des poignards qui s'agitent,
J'entends les fléaux qui palpitent,
Je vois les fléaux s'ameuter ! —

« — Ta crainte est sacrilège et vaine :
Qu'étaient ces partis orgueilleux,
Le jour où sa main souveraine
Tombait foudroyante sur eux ?...
Des vils débris de leurs naufrages,
Souillant les mers, les rocs sauvages,
Au noir abîme ils sombraient tous...
Laissant, à l'abri des querelles,
La foi, les mœurs, les lois nouvelles,
Fleurir à jamais parmi vous ! »

Chez nous parfois on judaïse,
On peut judaïser encor ; —
On peut, sans irriter Moïse,
Danser à l'autel du Veau d'or.
Partez !... prévenez ces journées
Où nos libertés profanées —
Mourraient sous les pas d'un tyran...
Allez propager nos doctrines ;
Allez enflammer les poitrines ;
Allez conjurer l'ouragan ! —

« — Le peuple est las du long servage,
Qui naît de ce culte infernal...
Le peuple a fustigé l'image
Et du Veau d'or et de Baal! —
Le passé, trop plein des misères
Où ces faux dieux plongeaient tes pères,
Est là pour sauver l'avenir...
Leur règne eut pour fruit les tortures,
Leur règne est l'effroi des parjures,
Leur règne?... il ne peut revenir. — »

Eh bien! j'ai foi dans ces présages,
Mais vous n'en partirez pas moins...
Ne frondez plus ces dieux sauvages;
Occupez-vous de plus doux soins.
Allez, mes chants, célébrer Celle,
Dont la belle âme encor fidèle —
Aux vertus que notre âge a fui, —
Toujours propice à la misère,
A l'orphelin prête une mère,
Au pauvre un généreux appui!

« — Oh! oui, si la voix du génie —
Parlait plus sainte en nos accords,
C'est à révéler Eugénie —
Qu'aspireraient tous nos efforts.
C'est où languissait la détresse,
C'est où gémissait la tristesse,
Que sont les heureux qu'elle a faits...

C'est là qu'épuisant les louanges...
— Mais il faudrait la voix des Anges
Pour bien chanter de tels bienfaits! »

En qui peut charmer de soi-même
L'apprêt n'a rien à rehausser,
Et la vertu, beauté suprême,
Rayonne assez pour s'en passer!
Que votre unique et chère étude
Soit d'inspirer la gratitude
A qui revit par ses faveurs,
Et son doux nom, par l'harmonie
Caché sous le nom d'Eugénie,
Sera béni de tous les cœurs!

« — Frémis!... De pleurs toujours avide
L'Envie est le fléau du jour, —
Et nous n'avons pour toute égide
Que notre enfance et ton amour!
Ton luth, en célébrant la gloire,
Hélas! a flétri la mémoire
De ses trop nombreux apostats;
Pour eux tes accords sont des crimes,
Et tes accords mourront, victimes
De leurs criminels attentats! »

Espoir!.. que ce choc redoutable
De vous ne soit point redouté :

Quoi ! n'est-on plus invulnérable
Sous les drapeaux de l'équité ?
Beaux chants, si jamais leur malice
Armait contre vous l'injustice,
Mon luth irait vous secourir...
Et, vous lavant de leur offense,
Leur montrerait qu'après l'enfance
Il ne reste plus qu'à grandir !

FÉLIX BOUDIN.

Mars 1856.

LE RETOUR DE L'AIGLE

LE RETOUR
DE L'AIGLE
OU
LE TRIOMPHE APRÈS L'EXIL

... S'il n'est pas d'exploit plus beau pour notre orgueil
Que de ressusciter la patrie au cercueil,
En est-il un plus doux et plus digne d'envie
Que de la rendre heureuse après l'avoir servie ?

CASIMIR DELAVIGNE,
Les Vêpres Siciliennes, acte IV, scène 4.

I

Jadis, quand sur un mont de l'antique Arménie,
Bloqué par le déluge et vainqueur de ses flots,
Le Bras conservateur sauvait l'arche bénie,
Et tirait de nouveau l'univers du chaos;
Lorsque, d'un pacte saint impérissable gage,
L'iris de Jéhovah, plus doux, plus radieux,
Aux yeux des passagers qu'épargnait le naufrage,
Couronna tout à coup le front calmé des cieux;

Au souffle d'un zéphir pur et léger comme elle,
On vit la colombe fidèle
Reprendre son essor dans l'azur d'un ciel bleu,
Comme un symbole heureux de la paix éternelle
Qui se jurait alors entre la terre et Dieu !

Ainsi, quand des partis la vague envenimée,
Dans un jour d'ouragan, nous traînait à la mort,
En traînant à l'écueil la barque bien-aimée
Qui portait notre sort ;
Lorsqu'un bras ferme et sûr, au jour de la tourmente,
Tombait, comme un trident, sur les flots en courroux,
Et, ramenant au port la barque chancelante,
Sauvait la France et nous,
Déployant de nouveau ton aile impériale,
Aigle captive un jour, tu revins sur nos bords,
Comme un gage assuré de la paix générale
Que le ciel avec toi rendait à nos transports !

Et cent milliers de voix par l'amour conseillées,
Dans un hymne commun, te nommaient leur sauveur ;
Et cent milliers de voix à la tienne éveillées,
Provoquaient ton essor par ce chant de bonheur :
« Plane donc, plane encor sous ton beau ciel de France ;
« Élève encor plus haut ton vol audacieux ;
« Aigle immortelle et chère, Aigle notre espérance,
« Plane au sommet des cieux !

II

Non, tu ne marchais pas suivi de faux présages,
O toi qui l'amenais de l'exil en ces lieux :
C'est la paix et l'espoir que tu rends à nos plages;
C'est l'ordre et le bonheur que tu rends à nos vœux!
Désormais, noble France, au reste de la terre
Tu peux abandonner et la crainte et les pleurs,
Toi, reprends aujourd'hui ton Aigle et ta bannière,
Tes lauriers et tes fleurs!

Un jour qu'ils la voyaient s'affaisser dans la lutte,
Nos ennemis, pourtant, la croyant au trépas,
Lui criaient pleins d'orgueil : « Tu mourras de ta chute;
« Ta France et l'avenir ne t'en guériront pas!

» Toi qui nous menaçais du fer et de l'entrave,
» Frémis! ils vont peser sur ton front avili...
» Tu forgeais notre joug, tu mourras notre esclave,
» Dans la honte et l'oubli!

» Oui, tu t'éclipseras comme un vain météore,
» Qui plonge une heure ou deux les mortels dans l'effroi,
» Qui naît pendant la nuit, qui meurt avant l'aurore,
» Et qui sort du néant pour rentrer sous sa loi!
» Et l'on dira : Voyez ce fléau redoutable;
» Il venait dans son cours dévorer l'univers..,
» Il éteint pour jamais sa splendeur effroyable
» Dans le gouffre des mers! »

Les insensés!... tandis qu'ils chantaient leur victoire,
Comme un ange exilé debout sur un cercueil,
L'Aigle, pour remonter au séjour de sa gloire,
Déjà battait de l'aile au sommet de l'écueil!
Qu'importe s'il restait un héros dans la poudre?
Son glaive de géant n'était pas refroidi
Qu'un autre pour le prendre et s'armer de sa foudre
Avait déjà grandi!

Triomphe, Aigle immortelle!.. A ton vol héroïque
J'ai vu trembler enfin Waterloo confondu!
Triomphe! En bénissant ton cri patriotique,
Le passé, l'avenir, les cieux ont répondu!

Nul obstacle pour toi : toujours, toujours la même,
Ton sort est de tout vaincre et de nous protéger,
Ton droit de braver tout, quand ta France qui t'aime
Est prête à naufrager!

Pareille en tes destins à l'oiseau de passage,
Non, tu ne fuyais pas pour ne point revenir;
Tu laissais, au départ, ton nid dans le bocage,
Sous un rameau fané qui devait reverdir!
En vain des aquilons trente ans la rage austère
Prolongea ton exil pour lutter contre lui,
Malgré les aquilons la brise printanière
T'y rappelle aujourd'hui?

Salut, triomphe à toi!... Longtemps à la tempête
Le malheur et la haine ont voulu t'exposer;
Mais, semblable à ce roc un moment ta retraite,
Tu n'avais rien en toi que son choc put briser.
La haine et le malheur, moins forts que ton courage,
Après leur folle attaque, enchaînés sous ta loi,
Dans ton vol plus sublime ont du voir que l'orage
N'était pas fait pour toi!

Comme un pilote adroit, quand l'onde est mugissante,
Retient l'esquif penché sur le gouffre béant,
Ainsi tu protégeas la France agonisante,
Quand la Discorde en feu l'entraînait au néant!

En vain le noir Dragon, se crispant dans sa chute,
Vomît sur ton front pur ses poisons meurtriers...
Retombés sur lui-même, ils n'ont point, dans la lutte,
Profané tes lauriers!

Rien n'a pu les flétrir : l'insolence et l'envie,
Le sarcasme à la bouche, ont osé te braver;
Tu vis leur couple impur s'armer contre ta vie,
Pour dévorer ces fils que tu venais sauver :
Toi, toute à la pitié dont tu payais leur rage,
Tu ne pâlissais point devant leurs cris de mort,
Toi, tu frétais la nef qui les jette au naufrage,
Et nous ramène au port!

Et voilà qu'aujourd'hui tout respire et t'adore;
Par l'aveu de leur crime achetant leur pardon,
Vois, l'ennemi vaincu te courtise et t'implore;
Vois, l'étranger tremblant se prosterne à ton nom!
Vois ce peuple empressé qu'a sauvé ta victoire...
Pour te fêter jadis au retour des combats
Le vit-on prodiguer plus d'encens à ta gloire,
Plus de fleurs à tes pas?

Oh! puisque le bonheur, la gloire et la concorde,
Compagnons de ton vol, ne marchent pas sans toi;
Des partis en fureur puisque l'immense horde
Du jour où tu parais s'incline sous ta loi,

Oh! oui, plane à jamais sous ton beau ciel de France;
Élève encor plus haut ton vol audacieux;
Aigle immortelle et chère, Aigle notre espérance,
Plane au sommet des cieux!

III

Silence!... on n'entend plus qu'un long chant d'allégresse :
C'est l'hymne du soldat qui tressaille à ta voix,
C'est le vieillard qui mêle au cantique d'ivresse
Le récit enchanté des combats d'autrefois!
Comme il parle avec feu de boulets, de mitraille,
De ton drapeau flottant sur cent mille guerriers,
Et de l'Homme immortel, et des champs de bataille
Qu'ombrageaient tes lauriers!

A voir des pleurs rouler sous sa grise paupière
On dirait d'un athlète affaibli par les ans,
Qui, se risquant encore au sein de la carrière,
Vient de ravir la palme aux autres combattans!

Du prix inespéré possesseur en délire, —
Il vante le passé rempli de ses exploits ;
Il vante sa jeunesse ; un plus jeune l'admire
Et l'envie à la fois !

Salut donc, astre aimé qui reviens à ton heure
Ranimer tout-à-coup l'if mourant des vallons !..
Salut !.. du vieux héros qui sourit et qui pleure
Le triomphe et l'orgueil sont dus à tes rayons !..
Témoin du culte ami que ton retour provoque,
Le vois-tu, noble et fier, en tout temps, en tout lieu,
Arborer en vainqueur ton portrait qu'il invoque,
Comme on invoque un Dieu ?

Ah ! c'est qu'un souvenir s'est levé dans son âme ;
Fantôme herculéen, il brandit à ses yeux —
Son fer qui réfléchit et le sang et la flamme,
Et les jours de victoire, et ton vol dans les cieux !
C'est qu'il lui montre encor le soleil d'Italie,
Le Thabor étonné de fléchir sous ta loi, —
Austerlitz et Wagram, l'Espagne et la Russie,
La mort, la gloire et toi !

C'est qu'un écho lointain répète à son oreille
Le cri mâle des chefs et la voix du canon,
Le conflit des deux camps que le trépas surveille,
Le râle des blessés et l'accent du clairon !

C'est qu'il croit voir encor bondir sur l'éminence
Le coursier pâle et fier que montait le Héros,
Quand son bras commandait l'attaque ou la défense,
La lutte ou le repos.

Incomparable époque où les sceptres du monde,
Tels que de vains roseaux agités chaque jour,
Sous le vent de ton aile immense et vagabonde
Tombaient, se relevaient, et tremblaient tour à tour!
Alors que tu planais, terrible et solitaire,
Que la gloire en tous lieux se posait ton soutien,
Que tu vengeais ta France, et faisais de la terre
Son domaine et le tien!

Hélas! je n'ai point vu ce temps de tes prodiges:
Fils d'une ère moins belle et de jours moins heureux,
Je n'ai fait que pleurer, en cherchant tes vestiges,
Sur la fatale arène où tu tombas des cieux!
Comme s'il fut jaloux de ta gloire immortelle,
Le sort que tu bravais, pour en borner le cours,
Le sort t'avait contrainte à replier ton aile
Avant mes premiers jours!

Et je t'aime, pourtant, — comme on aime la gloire,
Les songes du futur et l'audace à vingt ans...
J'aime ton air superbe, et ton cri de victoire
Que l'écho du passé mêle au cri des mourans!

J'aime, j'aime à te suivre au sein de la tempête,
A joindre ma pensée à ton vol foudroyant,
A courir avec toi de conquête en conquête,
Sur les pas du Géant !

Car, pareil à l'enfant qui naît sous la bannière,
Je n'eus que ton portrait pour hochet au berceau ;
Je n'eus, pour m'endormir, que la chanson guerrière
D'un soldat revenu de l'Egypte au hameau !
C'est lui qui me veillait ; c'est par lui que mon âme,
Pendant les jours d'enfance, apprit à te chérir ;
C'est à lui que je dois cette ardeur qui m'enflamme,
Et que je viens t'offrir !

L'hiver auprès de l'âtre, et, l'été sous l'ombrage,
Il chantait tour à tour le désert et les monts,
Les sables de Barca sans onde ni bocage,
Le Saint-Bernard coiffé d'un rempart de glaçons ;
Et les flots écumant sous le pas des phalanges,
Et vingt climats bravés sous des cieux inconnus,
Et tous les éléments, pendant ces jours étranges,
Affrontés et vaincus !

Que j'aimais ces récits !.. merveilleux, formidables,
Ils mêlaient dans mon cœur le plaisir à l'effroi....
Mais il venait, parfois, des jours moins admirables,
Où le guerrier pensif ne parlait point de toi !

Hélas ! parmi tes jours il en est qu'on déplore...
Et ceux-là, par la brume ou l'orage obscurcis,
Lui faisaient regretter la grande et belle aurore
Du soleil d'Austerlitz !

Alors de longs sanglots ébranlaient sa poitrine ;
Le feu de la vengeance enflammait son regard ;
Et j'ignorais pourquoi, dans sa fureur chagrine,
Il mesurait ton aile et sondait son poignard !
Le bon vieillard, pourtant, se fâchait avec peine,
Mais son cœur, où ta plainte avait plus d'un écho,
Ne pouvait endurer qu'on souffrît Sainte-Hélène, —
Sans venger Waterloo !

Entre le Christ et toi partageant mon hommage,
C'est alors qu'il venait, prosterné près de moi,
Sur ma lèvre d'enfant poser ta noble image,
Et mêler ton éloge aux saints mots de la foi !
Il me disait, alors, que tous deux sur la terre
Vous étiez descendus pour apaiser les cieux,
Hélas ! en y vidant tous deux la coupe amère
Qu'on y présente aux Dieux !

Et moi, plein d'une ardeur belliqueuse et plaintive,
Dans mon courroux naïf alors je demandais
Quel méchant t'enchaînait si loin de notre rive,
Si tu vivais encore, et quand tu reviendrais?

Mais, toujours quelques pleurs aux bords de la paupière,
Comme un ami discret qui nous cache un trépas,
Le vieillard attristé murmurait sa prière,
Et ne répondait pas!

Un soir qu'il était las d'espérer et de craindre,
Usé par la douleur et trahi par le sort,
A quelques pas du but que nous venons d'atteindre,
Le vieillard s'endormit dans les bras de la mort.
Il avait attendu longtemps sur le rivage, —
Mais tu n'arrivais point. J'attendis à mon tour,
Car il m'avait légué sa place et ton image,
Son glaive et son amour!

Ton retour soit béni! — Reviens-tu pour la guerre?..
J'ai ma tâche à remplir et je vole aux combats :
Allons venger l'exil, courons punir la terre,
Triompher à ta suite, ou périr sur tes pas!
Malheur à qui trahit sa foi qu'il a donnée,
Quand la tombe et l'amour ont scellé le serment...
Malheur! — Que de remords sa vie empoisonnée
Ne soit qu'un long tourment!

Pour moi qui ne mens pas au vieillard qui repose,
Partout fidèle à toi, partout fidèle à lui, —
Sur quelque plage encor que ton drapeau se pose,
Tu m'entendras chanter toujours comme aujourd'hui :

« Plane donc, plane encor pour l'honneur de ta France ;
» Elève encor plus haut ton vol audacieux, —
» Aigle immortelle et chère, Aigle notre espérance,
« Plane au sommet des cieux ! »

IV

Mais quel pressentiment universel, immense,
Comme un désir du cœur se produit en ces jours ?
Est-ce un autre âge d'or qui se lève et commence,
Et viens-tu, comme un dieu, présider à son cours ?
Viens-tu, comme autrefois venaient les bons Génies,
Par quelque don nouveau subjuguant les mortels,
Paître les nations en foule réunies
Aux pieds de tes autels ?

Oui, tu sembles pour tous rêver des jours plus calmes :
Ton front qu'un dieu moins fier s'apprête à couronner
Attend qu'une autre gloire entremêle ses palmes
Aux palmes qu'autrefois on te vit moissonner !

Ce qu'un âge commence un autre âge l'achève :
Pour s'élever encore, en chantant ses hauts faits,
Le Géant avait dit qu'il suspendrait son glaive
Aux autels de la paix !

La paix a ses douceurs, la guerre a ses alarmes ;
Chacune d'un rameau décore qui la suit :
Bellone offre un laurier teint de sang et de larmes,
L'olivier de Pallas ne porte que du fruit !
Sous son égide enfin que l'univers repose,
Car, pour lutter encore il n'est plus ton égal,
Lui qui n'a point d'Empire où ton pied ne se pose
Sur un char triomphal !

Viens donc, le front paré des lauriers de la veille,
Dans ton repos auguste, à l'ombre du bonheur,
Comme un héros prudent que l'avenir surveille,
Consacrer ces beaux jours à combler ta grandeur !
Le génie et les arts que ta gloire stimule,
Décorant à l'envi ton immortalité, —
A tout règne fameux vont jeter pour émule
Ton règne et sa beauté !

Oui, tout à l'embellir, tout déjà se prépare :
Pour leurs droits prétendus las de s'entr'égorger,
Vingt partis, bénissant ton nom qui les sépare,
Ont proclamé les tiens qu'ils voulaient abroger !

Nos maux par toi guéris bientôt vont disparaître :
Dans un commun besoin nos désirs confondus
Vont voir partout fleurir l'aisance et le bien-être,
Sur tes pas répandus !

Ta présence a chassé les guerres intestines, —
Qui menaient au néant ta noble France en pleurs ;
Tu rends, au lieu du fer qui perçait leurs poitrines,
L'espoir aux désœuvrés, les arts aux travailleurs !
Tout reprend son essor, tout revient à la vie :
On craindrait sous un autre, on espère avec toi,
Car tu n'es point de ceux qui vendent leur patrie,
Leur honneur et leur foi !

Car, saisir corps à corps la liberté rebelle,
La sauver de l'abîme au moment d'y périr,
Et rivant, comme une ancre, un Empire à son aile,
Raffermir le présent pour fonder l'avenir ; —
Car, livrer aux partis ce dieu que dans leurs rêves
Ils n'ont vu jusqu'alors que sous des traits menteurs,
Oh ! oui, c'est bien assez pour émousser des glaives,
Et conquérir des cœurs !

Mais déjà ton génie a sondé leur hommage,
Comme eux, dans leur amour, ont pesé tes bienfaits ;
Toi, du bonheur pour eux sois à jamais le gage,
Eux dans un doux repos te crieront à jamais :

« Plane donc, plane encor sous ton beau ciel de France,
» Elève encor plus haut ton vol audacieux,
» Aigle immortelle et chère, Aigle notre espérance,
« Plane au sommet des cieux! »

V

Mais qu'entends-je, grand Dieu ? Des soupirs, des murmures,
Des chants entremêlés de prière et d'injures,
Et de haine et d'amour,
Menaçants pour ta gloire, effrayants pour nous-mêmes,
Tour à tour t'accablant des plus noirs anathêmes,
T'adorant tour à tour !

Tantôt c'est dans les airs on ne sait quoi d'étrange,
Qui chante, en soupirant, comme un timide archange
Banni par l'Eternel,
Quand il remonte à lui sous les yeux du tonnerre,
Après que ses longs pleurs ont lavé sur la terre
Son péché dans le ciel !

Puis tantôt, rire affreux échappé de l'abîme,
Son grincement ressemble au rire impur du crime,
Sous la dent d'un démon,
A l'heure où, bravant Dieu sous le fouet du supplice,
Le maudit croit qu'il vient d'effrayer sa justice,
En blasphémant son nom !

Quels lugubres accords !.. Quels funèbres présages !..
J'entends, j'entends leurs voix frapper sur nos rivages
Mille échos gémissants...
Voici que ton saint nom se dérobe à ma lyre ;
Plus de chants parmi nous : le seul effroi respire
Dans les cœurs frémissants !

Et voici que la France, interdite, éperdue, —
Par la crainte et l'espoir à tes yeux suspendue,
Pour y lire un secret,
Semble être avec les fils la mère qui supplie,
Hélas ! en attendant que ta clémence oublie
Une erreur... un forfait !

O toi d'où viens-tu donc, indicible murmure ?....
Quand tout bénit chez nous, quelle étrange fureur
Vient te faire opposer la menace et l'injure
A nos chants de bonheur ?..

Des fils de l'étranger couchés sous la poussière,
Dans leurs champs paternels asservis tour à tour,
Des fils de l'étranger es-tu l'ombre guerrière,
Qui maudit son retour ?

Et toi, plaintif et doux parmi ces cris de rage,
D'où viens-tu, chant d'amour qui te joins à nos chants,
Pur zéphir égaré parmi les vents d'orage, —
D'où partent tes accents ?

Viens-tu, comme un soupir qui vole aux Invalides,
Et s'incline au tombeau du Géant d'autrefois,
Viens-tu, ta lyre en deuil, verser des pleurs timides
Sur le plus grand des rois ?

Epargne, épargne alors ta plainte à notre ivresse ;
Tu peux, tu dois bannir les soucis, la tristesse,
Le désespoir qui suit des regrets superflus... —
Vois ce bras appuyé sur le glaive héroïque :..
Pour venger et punir est-il moins énergique,
Est-il moins foudroyant que celui qui n'est plus ?

— Ainsi j'interrogeais ces voix de la souffrance
Les peuples stupéfaits écoutaient en silence

Quel mot expliquerait l'outrage et les sanglots...
Mais nul son ne frappa leur oreille attentive;
Les clameurs et les chants étaient morts sur la rive..
On n'entendit plus rien... que la voix du Héros !

« Sur des bords étrangers vous qui pleurez la France,
» O bannis, disait-il, revenez parmi nous ! —
» L'Empire, c'est la paix ! La paix, c'est l'espérance !
» Revenez, ô bannis, l'Empire est fait pour tous !

» Car chez nous la victoire est noble et généreuse :
» Quand notre bras combat ce n'est pas pour meurtrir...
» Il n'ensanglante point l'anarchie orgueilleuse,
» C'est en sauvant l'Etat qu'il aime à la punir !

» Déposez du malheur, bannis, le joug austère,
» Et, recevant de nous l'avenir comme un don,
» Venez, par votre zèle, enseigner à la terre —
» Qu'un Français qu'on absout sait payer son pardon ! »

Ainsi tu rappelais, ô Prince magnanime, —
Tes ennemis vaincus, proscrits et malheureux...
Tous les cœurs recueillaient ta parole sublime,
Et les anges ravis l'inscrivaient dans les cieux !

En vain, dans son dépit, la horde qui t'abhorre,
Du fond de son exil voulut poursuivre encore
Ton pardon généreux d'un reste de clameurs;
Un gouffre en aboyant dévora le sarcasme,
Et l'écho n'entendit qu'un cri d'enthousiasme,
Qu'un long transport d'amour parti de tous les cœurs!

Un peuple entier chantait plein de reconnaissance :
« Oui, tes nobles vertus auront leur récompense,
» Tes longs jours brilleront favorisés du ciel! —
» Ton règne est pour jamais à l'abri des naufrages :
» On verra ces bannis que tu rends à nos plages
» Ajouter à sa gloire un éclat immortel!

» Car, Dieu qui te protége a mis dans leur mélange
» Des fronts où le génie a caché ses trésors; —
» Car, Dieu bénit toujours le héros qui se venge,
» Quand c'est par la bonté qu'il oblige au remords!
» On pardonne avec fruit à qui fut longtemps juste :
» Le fer que sa clémence autrefois détourna —
» D'assassin qu'il était devint l'appui d'Auguste,
» Dans les mains de Cinna! »

Ainsi chantait le peuple; et l'écho de nos rives,
Et le zéphir des mers,
Quittaient leurs voix plaintives,
Pour de plus doux concerts;

Et, comme un cri de fête,
Qu'on jette à la tempête,
Quand on est près du port,
Aux doux sons de la lyre,
On entendait redire,
Dans un brûlant transport :

« Plane donc, plane aussi pour les bannis de France,
» Élève encor plus haut ton vol audacieux, —
» Aigle immortelle et chère, Aigle notre espérance,
» Plane au sommet des cieux! »

VI

C'est bien lui, ce n'est plus un rêve,
Un rêve dans la nuit inspiré par l'amour,
C'est bien lui que j'entends retentir sur la grève,
C'est le pas du banni !.. C'est le chant du retour !

C'est lui ! — Brises fidèles,
Oh ! prêtez-lui vos ailes,
Pour voler jusqu'à nous ;
Portez-le, comme un baume,
A l'orphelin du chaume,
Qui sanglotte à genoux ;
Portez-le salutaire,
A l'amante, à la mère,
A l'épouse étrangère

Au sort de son époux;
A tous ceux que l'orage,
Au moment du naufrage,
A laissés au rivage
Accablés de ses coups :
O vous, brises fidèles,
Oh! prêtez-lui vos ailes,
Pour les consoler tous!

Le pas se précipite;
Le chant monte et grandit;
Tout s'éveille et s'agite;
Tout répond au proscrit;
Et, dans l'ardeur subite
Que son retour excite,
Partout le cœur palpite,
Partout la voix bénit!

C'est un peuple en délire
Qui n'en croit pas ses yeux;
C'est un premier sourire
Du malheur en tous lieux;
C'est la foi qui respire,
C'est l'amour qui soupire,
C'est l'oubli du martyre
A la porte des cieux!

C'en est fait! dépouillez ce voile funéraire, —
Qui cacha trop longtemps vos pleurs religieux,
Toi qu'il nomme sa sœur, vous qu'il nomme sa mère,
Et toi, de l'orphelin protectrice dernière —
Au foyer nu de ses aïeux :
C'est bien lui, c'est un fils! C'est bien lui, c'est un frère!
C'est un époux chéri qui renaît à vos yeux!

Pauvre fleur exposée à mille flétrissures —
L'innocence est un lis planté près du chemin; —
Mais qu'importe à sa gloire un moment de souillures?
Quand l'orage et la fange ont terni ses fleurs pures
Il reprend son éclat sous les pleurs du matin!

Des pleurs? Il n'en faut plus quand il n'est plus de crimes :
Le transfuge est au camp qui bénit son retour... —
Vous tous, éclatez donc en transports unanimes,
C'est l'instant de quitter, coupables et victimes,
Les sanglots du malheur pour les chants de l'amour!

Oui, vivez désormais pour la reconnaissance,
Vous tous dont l'égoïsme avait fait des ingrats;
Vous qui la vouliez perdre oh! vivez pour la France;
Vous qui combattiez l'Aigle oh! soyez ses soldats!

Vivez pour le Héros : il s'est couvert de gloire
En vous sauvant du gouffre où vous menait l'erreur ;
Il donne à ses vaincus leur part de sa victoire ;
Il pardonne au forfait en voyant le malheur !

Vivez pour lui, vivez pour Celle
Dont la belle âme encor fidèle
Aux vertus que notre âge a fui,
Toujours propice à la misère,
A l'orphelin prête une mère,
Au pauvre un généreux appui !

De grâce et de bonté pur et divin mélange
Elle apporta chez nous les attributs du ciel ;
A côté du Héros Dieu la mit comme un ange,
Pour veiller aux destins d'un Empire immortel !
Le Dieu bon lui prêta ce regard qui devine
Le besoin pauvre et fier qui rougit de ses pleurs ;
Le Dieu bon lui donna l'âme de Joséphine,
Et ses douces vertus, et ses droits sur nos cœurs !

Vous lui devez, bannis, un hommage sincère :
Celui qui lui donna la bonté qui préfère
Aux rubis d'ici-bas un bienfait pour les cieux,
Celui-là connaît seul tous les vœux qu'en silence
Eugénie a formés pour forcer sa clémence
Au pardon qui vous sauve et la montre à vos yeux !

Vivons tous pour la paix, nous vivrons pour nous-mêmes.
Abjurons sans retour ces malheureux systèmes
Dont l'idéal appât toujours cache un fléau... —
Soyons, sans l'afficher, un vrai peuple de frères,
Uni dans son bonheur, uni dans ses misères,
Qui forme un seul parti sous un même drapeau !

Fermons l'oreille aux cris que vomira l'abîme :
Ceux chez qui les remords n'ont point lavé le crime
Ne pourraient qu'inspirer un poison destructeur ; —
Que l'oubli, parmi nous, succède à leur mémoire,
Laissons-les, ces Français apostats de la gloire,
S'honorer de leur fange en rongeant leur douleur !

Laissons-les, s'égarant dans leurs songes frivoles,
Au pardon insulté préférer leur néant... —
L'avenir avec eux confondra leurs idoles, —
Leur Brutus n'est qu'une ombre et non pas un géant !
Tous ces nouveaux Cinnas, qui font les magnanimes,
Verront qu'on peut encor, privés de leur secours,
Consacrant notre zèle à des œuvres sublimes,
Sous l'Empire d'Auguste illustrer de beaux jours !

Nous les avons pleurés, comme on pleure des frères,
Dont un fatal orgueil a fait des criminels... —
C'est assez !... Leur mépris qui rit de nos prières
Étouffe pour jamais nos regrets fraternels !...

Quand à ses justes lois infidèle et parjure
L'hérétique obstiné repousse le pardon, —
L'Église un instant pleure, éteint la torche impure,
Et reprend aussitôt les concerts de Sion !

Maudit, maudit soit donc le rivage où l'on souffre ;
Y meure qui s'acharne à vouloir y mourir ! —
Que le fléau vaincu qui veille au fond du gouffre,
Provoque en vain l'appel qui l'en ferait surgir !
Si jamais la Discorde a protégé des traîtres,
Tremblons de revoir ceux qu'ont vu fuir nos drapeaux ;
Songeons qu'ils commençaient à devenir nos maîtres,
Songeons qu'ils finiraient par être nos bourreaux !

Mais toi qui sais calmer les fureurs populaires,
Mon Dieu, quand ta justice a terminé son cours,
Viens chez nous, renversant leurs projets sanguinaires,
Viens chez nous de la paix éterniser les jours ! —
Aux élus de ton choix conserve leur puissance,
Sous les pas de leur race élargis l'avenir, —
Et qu'à l'abri du tien leur règne enfin commence,
Pour ne jamais finir !

Ainsi qu'aux jours anciens que l'Aigle porte encore,
Favorite du ciel, ton foudre souverain ; —
Toujours, ainsi que toi, que le Français l'adore,
Que l'ennemi toujours pâlisse à ce refrain :

« Plane donc, plane encor sous ton beau ciel de France;
» Élève encor plus haut ton vol audacieux,
» Aigle immortelle et chère, Aigle notre espérance,
» Plane au sommet des cieux! »

FÉLIX BOUDIN.

Mézangueville, mars 1853.

NOTES

NOTES

PREMIÈRE NOTE

. . . . . . Vivez pour Celle
Dont la belle âme encor fidèle
Aux vertus que notre âge a fui,
Toujours propice à la misère,
A l'orphelin prête une mère,
Au pauvre un généreux appui !

Et plus loin :

> Celui qui lui donna la vertu qui préfère
> Aux rubis d'ici-bas un bienfait pour les cieux...

Il est peu de nos lecteurs qui ne sachent à quel acte de désintéressement et de charité sublimes ces vers font allusion, et ce n'est que pour le petit nombre de ceux qui l'auraient oublié que nous entreprenons de le rappeler ici.

Quelques jours avant le mariage de Leurs Majestés, la ville de Paris, jalouse de donner à la future Impératrice un témoignage de la vive satisfaction qu'elle éprouvait déjà, lui fit offrir une magnifique parure de diamants, d'une valeur de 600,000 francs. Comme ce don semblait réunir, et par son objet et par sa nature, tout ce qu'il fallait pour charmer la jeune et belle Souveraine, personne ne doutait qu'elle ne l'acceptât avec empressement et bonheur : mais il n'y a de Souveraine qui mérite vraiment de l'être, que celle en qui la bienfaisance fait taire des inclinations moins relevées, et telle est celle à qui s'adressait alors la générosité parisienne. Plus attentive à ménager des secours à la misère, qu'à se procurer à elle-même ce qui peut faire son agrément particulier, Son Éminence n'hésita pas à prendre son parti dans cette occasion toute favorable, et M. le Préfet de la Seine, qui avait été chargé de lui offrir le présent en question, reçut d'elle le 26 janvier la réponse suivante :

« Monsieur le Préfet,

« Je suis bien touchée d'apprendre la généreuse décision du Conseil Municipal de Paris, qui manifeste ainsi son adhésion sympathique à l'union que l'Empereur contracte. J'éprouve néanmoins un sentiment pénible, en pensant que le premier acte public qui s'attache à mon nom, au moment de mon mariage, soit une dépense considérable pour la ville de Paris. Permettez-moi donc de ne point accepter votre don, quelque flatteur qu'il soit pour moi; vous me rendrez plus heureuse en employant en charités la somme que vous aviez fixée pour l'achat de la parure que le Conseil Municipal voulait m'offrir. Je désire que mon mariage ne soit l'occasion d'aucune charge nouvelle pour le pays auquel j'appartiens désormais; et la seule chose que j'ambitionne, c'est de partager avec l'Empereur l'amour et l'estime du peuple français.

« Je vous prie, Monsieur le Préfet, d'exprimer à votre Conseil toute ma reconnaissance, et de recevoir pour vous l'assurance de mes sentiments distingués.

» EUGÉNIE,

» Comtesse de TÉBA.

» Palais de l'Élysée, le 26 janvier 1853. »

Vivement ému des sentiments exprimés dans cette lettre, le Conseil décida à l'unanimité, que, pour se conformer aux intentions de S. E. la comtesse de Téba, la somme de 600,000 francs qu'il avait destinée à l'achat de la parure qui devait lui être offerte, serait employée à la fondation d'un établissement, où de jeunes filles pauvres recevraient une éducation professionnelle, et d'où elles ne sortiraient que pour être convenablement placées. Cet établissement, qui porte le nom de l'Impératrice, fleurit aujourd'hui sous sa protection.

De pareils bienfaits, que chaque jour voit se renouveler dans la vie de Sa Majesté, n'ayant pas besoin de commentaires, nous n'ajouterons à l'exposé de celui-ci qu'une réflexion toute simple : — C'est qu'il a depuis longtemps rendu cher à tous les cœurs, c'est qu'il fait bénir encore tous les jours le nom de la charitable Impératrice, et qu'il assure à sa mémoire un éclat plus pur et plus durable que celui des diamants même d'où il tire son origine.

Beneficium sæpè dare, docere est reddere.

P. SYRUS.

DEUXIÈME NOTE

Vivons tous pour la paix nous vivrons pour nous-mêmes ;
Abjurons sans retour ces malheureux systèmes —
Dont l'idéal appât toujours cache un fléau.....
Soyons, sans l'afficher, un vrai peuple de frères,
Uni dans son bonheur, uni dans ses misères,
Qui forme un seul parti sous un même drapeau !

Un Homme d'État renommé, M. le marquis de Valdegamas, disait de la France il y a quelques années qu'elle était le *Club central de l'Europe*, et personne que nous sachions ne s'élevait alors contre ce reproche, apparemment parce que tout le monde le trouvait mérité. Tout ce qu'on aurait pu, selon nous, répliquer au savant diplomate, c'est qu'il usait, pour caractériser notre pays, de termes par trop généraux; qu'il broyait indistinctement toutes ses couleurs sur une même palette; qu'il amoncelait confusément sous un même point de vue les vices et les vertus politiques, l'ambition intrigante et le désintéressement généreux, le fanatisme et la modération, la sagesse et la folie, et ne faisait, enfin, qu'ébaucher du tout un portrait uniforme, quand il aurait pu, comme l'avait fait avant lui M. le comte de Ségur, en tirer un tableau tout riche de personnages, tout saisissant de contrastes.

Ce dernier, sous la Restauration, faisait également de la France le champ de bataille de toutes les opinions plus ou moins sensées, de toutes les utopies plus ou moins captieuses, mais il ne les confondait pas en les rassemblant, et n'en faisait point un pêle-mêle inextricable; au contraire, détachant habilement la lumière des ombres, il ne les groupait que pour donner à chacune d'elles plus de relief, et montrer comment les coryphées de chaque parti, déployant à huis-clos le drapeau de leur égoïsme, et dénigrant en faveur de leurs faux systèmes les systèmes tant bien que mal fondés de leurs adversaires, tâchaient à faire prévaloir, chacun pour leur compte, la forme de gouvernement qui souriait le plus à leur intérêt personnel. Aussi nous empressons-nous de le dire, il y a tant d'expression et de vérité dans les diverses physionomies qui font l'ensemble de cette peinture; elles nous paraissent offrir, après un tiers de siècle, une représentation si piquante et si naturelle de ce que sont encore actuellement en France les tendances clandestines de certaines factions, que nous ne saurions résister au désir de la soumettre à l'examen de nos lecteurs, en la donnant comme développement à la pensée qui fait l'objet de cette note. Nous transcrivons, sans y apporter aucun changement, la narration du célèbre écrivain (1).

« Près de mon cabinet, dit-il, dont la porte était entr'ouverte, je vis une table de sept personnes; leur conversation animée roulait sur la politique; on disputait sur les moyens de consolider le bonheur public.

« Le nombre de sept et le sujet de l'entretien excitèrent ma curiosité, et, bravant le danger de manger froid, j'oubliai mon dîner; je collai mon oreille contre une mince cloison, et j'entendis le colloque suivant, qui ne tarda pas à me faire connaître que les sept interlocuteurs se trouvaient avoir suivi,

(1) Voir la *Galerie morale et politique* de M. le comte Ségur, tome 1, page 352 de l'édition de 1825, à l'article intitulé: *le Banquet des sept politiques*.

dans le cours de plusieurs années, sept partis différents, et que, par conséquent, ils voyaient les objets sous sept couleurs différentes.

« Le seul moyen, disait un petit homme qui buvait, mangeait et parlait lentement, le seul moyen de rendre un pays heureux, c'est d'en bannir toute erreur et toute inégalité. On ne fait le mal que parce qu'on se trompe ; on ne se querelle que par jalousie : supprimez toute superstition qui égare, toute autorité qui pèse, toute différence de rang ou d'opulence qui blesse ; ne suivez que la religion naturelle, établissez une liberté sans limites, une égalité parfaite. Le pays le plus heureux est celui où l'on sent le moins l'action d'un gouvernement.

« Voilà, dit un autre convive, décoré de plusieurs rubans, les maximes qui ont tout perdu, tout bouleversé. On ne bâtit pas sans étages ; l'égalité est synonime de l'anarchie ; le peuple est fait pour travailler et non pour penser ; la main qui écrit ne veut plus tenir la bêche : le pauvre doit labourer, le riche jouir, le noble combattre et gouverner. Il faut, non-seulement des rangs, mais des classes, des castes et des priviléges. Les désordres ont commencé dès qu'un grand seigneur a été en frac comme un violon de l'opéra. On n'a plus révéré ni l'autel ni le trône, dès qu'on n'a plus respecté les droits de seigneurerie et de vasselage ; pour rétablir l'ordre, il faut recréer les ordres, et tout ira bien. L'ancien système était clair, vos constitutions sont des énigmes dont la folie est le vrai mot.

« Monsieur, dit un vieillard qui ne mangeait que du poisson (car c'était un vendredi), vous ne touchez pas la vraie plaie qui nous ronge ; elle remonte plus haut et jusqu'au temps où nos rois, mal conseillés, ont refusé de reconnaître la discipline du concile de Trente. Vous n'aurez pas d'ordre dans le monde tant que le ciel ne gouvernera pas la terre. Rendez le clergé riche et puissant ; que les grands, qui font tout trembler, tremblent et s'abaissent devant les ministres du Seigneur ; vous verrez bientôt la philosophie se taire, l'injustice se cacher, et la bénédiction céleste répandre la paix et le bonheur sur toutes les nations.

« Morbleu ! vous vous moquez de nous, s'écria un gros officier qui avait un bras en écharpe et une grande cicatrice sur la joue : c'est l'épée à la main que Constantin a planté partout l'étendard de la croix, que Charlemagne l'a enrichie ; les nobles sont sortis d'anciens preux ; les savans ne peuvent travailler et les paysans labourer tranquillement qu'à l'ombre de nos glaives. Gagnez, corbleu ! de bonnes batailles ; prenez de grandes villes, de bons ports ; brûlez des flottes ennemies ; payez, honorez, dotez bien les guerriers, le roi sera puissant, l'Etat respecté ; le clergé chantera de beaux *Te Deum* dans de belles églises, le commerçant fera de gros profits, et les poëtes auront de bonnes pensions. La victoire, voilà le meilleur ministre des finances; le droit canon est le seul droit des gens; le sabre taille à merveille les plumes des négociateurs; la force, morbleu! la force tranche tous les nœuds gordiens. Un roi toujours absolu, une bonne armée toujours en campagne, voilà ce qui fait la gloire et le bonheur d'un pays.

« Le capitaine fait son métier, dit en souriant amèrement un homme pâle et sec, il est tranchant comme son épée; mais il doit savoir qu'on ne gagne pas toujours au jeu, et qu'à force de battre on finit par être battu. On n'a que trop joué la patrie à quitte ou double : nos ennemis sont au dedans et non au dehors; notre révolution a été une maladie putride; elle veut des remèdes violents : il faut couper tout ce qui est gangréné. Les lois de Dracon, voilà notre salut; il nous faut des ministres, ardents et purs comme le feu, qui arrêtent, bannissent, ou au moins chassent des emplois toute cette race d'hommes démoralisés qui ont eu des idées séditieuses, philosophiques, révolutionnaires, libérales. Ne plaçons que les hommes brûlants de zèle, et qui n'ont rien fait. S'ils ignorent les lois, ils les apprendront; s'ils ne connaissent pas les affaires, ils s'y formeront. La génération révolutionnaire criera, souffrira; qu'importe! on la comprimera : ce n'est point avec des liens de paille qu'on met en faisceau des barres sortant de la forge, c'est avec un bon lien de fer, et voilà ce qu'il nous faut.

« La réquisition du préopinant, dit un autre convive dont les gestes et l'intonation montraient quelque habitude de la tribune, est vrai dans un sens. Il nous faut une force toujours agissante, et qui *épure* sans cesse; mais entre quelles mains doit être cette force? Voilà le point essentiel à décider. Il faut qu'un petit nombre d'hommes zélés *épure* et *administre* chaque province, et que leurs délégués, l'œil toujours ouvert, comme Argus, *épurent* sans cesse les ministres, réforment leurs ordonnances, les forcent à marcher droit, vite et ferme, et nous délivrent totalement des fanatiques de la modération.

« Eh! de grâce, messieurs, s'écria d'un ton grave un homme qui jusque-là s'était renfermé dans un modeste silence, de grâce, cessez de jeter ainsi de l'huile sur le feu. Vous voulez être nos médecins, et vous avez tous le transport au cerveau! Nous sommes sept ici, nous ne pouvons nous accorder, et vous voulez que toute la France se range à vos avis opposés! Si on vous laissait vous débattre, vous ne vous entendriez jamais, et vous ne bâtiriez qu'une seconde tour de Babel. Vous êtes bien heureux d'avoir un roi sage et éclairé! laissez-le concilier tous vos systèmes et guérir toutes vos folies: nous avons besoin de repos et non de convulsions. Vous avez une charte qui est un vrai traité entre toutes vos passions; respectez-la, et cessez de troubler les ministres sensés qui l'exécutent.

« Il faut punir les fautes à venir, oublier les erreurs passées, adoucir les sacrifices, consoler des pertes, rétablir la confiance, offrir à tous espoir et protection. C'est par la violence qu'on fait les révolutions; on ne les termine que par la modération.

« A ce mot de *modération*, les six sages, prenant feu comme un hydrophobe à la vue d'un verre d'eau, firent un tel vacarme, que je ne pus plus distinguer aucune parole. Le convive dont la douceur avait excité cette tempête, sortit du festin; je le reconnus et l'appelai: nous avions autrefois servi ensemble; et comme il me trouvait attristé de tout ce que je venais d'entendre: « Rassurez-vous, me dit-il, ces hommes passionnés ne sont que la représentation du centième de la France. Les quatre-vingt-dix-neuf centièmes de la nation pensent comme vous et moi; ils veulent la paix, l'oubli, l'union, la fusion. Ils aiment le roi, respectent la Charte, et placent leur espoir dans la modération du gouvernement. »

Or, sans vouloir jouer ici le rôle d'alarmiste, rôle qui serait, d'ailleurs, plus intempestif aujourd'hui que jamais, nous le demanderons maintenant à tout lecteur impartial et de bonne foi; peut-on se flatter qu'il n'y ait plus aucun point de ressemblance entre la France actuelle, c'est-à-dire la France impériale heureusement régénérée, et cette France égoïste et dissimulée des Bourbons que nous avions tout à l'heure sous les yeux?... anéanties ou paralysées par l'action d'un gouvernement ferme et conciliateur, l'intrigue y a-t-elle pour toujours fermé ses clubs, et la manie des banquets y est-elle radicalement guérie?... enfin, le règne calamiteux des passions y est-il partout remplacé par le règne plus heureux des vertus sociales, et l'esprit de parti, qu'on nomme à bon droit l'esprit de ceux qui en ont peu, n'y est-il plus qu'un oubli pour les uns et qu'un remords pour les autres?...

Oui, nous répondra-t-on sans doute, en voyant la tranquillité profonde, la confiance et l'activité répandues présentement dans toutes les parties de l'Empire; oui! la fusion de tous les systèmes, prêchée depuis si longtemps et tant de fois entreprise inutilement, la fusion de tous les systèmes est enfin réellement opérée, et la France ne renferme plus maintenant, à votre souhait comme au nôtre,

. . . . Qu'un vrai peuple de frères,
Uni dans son bonheur, uni dans ses misères,
Qui forme un seul parti sous un même drapeau !

Oui?... Eh bien! nous regrettons d'avoir à le dire, mais s'il est permis de s'en rapporter au plus clairvoyant des observateurs, au plus expérimenté de tous les juges, à ce peuple, enfin, qui surveille, qui surprend et qui dénonce, non! il n'en est point ainsi; non! toute ambition n'est pas encore éteinte au cœur affamé des vieux partis, et l'on peut croire, sans risquer d'être injuste à leur égard, que l'ombre abrite encore çà et là de sourdes menées, de secrètes pratiques! Les hommes, il est vrai, peuvent lutter un instant, échouer et disparaître; les générations elles-mêmes finissent par vieillir et passer, mais les partis demeurent, si décimés qu'ils soient : ils sont immortels comme les passions qui les font naître, comme les préjugés qui les alimentent...... Eh! comment en pourrait-il être autrement, quand l'esprit qui les anime est un vice qui s'incorpore à la plus intime nature de leurs représentants; un vice qui passe du père au fils avec tous les oripeaux de la naissance, pour se développer bientôt par l'éducation de famille, et s'accroître ensuite avec les années?...

Ainsi, de tous les fléaux qui travaillent les Etats et tourmentent les peuples, le plus inextirpable est sans contredit l'esprit de parti; mais, par une compensation précieuse, il en est en même temps le moins redoutable, parce qu'il en est le plus aveugle et le mieux connu. C'est un ennemi fourbe et maladroit, qui découvre ses ruses à force de vouloir les cacher, et qui ne manque presque jamais de tomber lui-même dans les piéges dont il entoure les autres. En vain change-t-il de costume selon le temps et les lieux; en vain prend-il quelquefois, pour mieux tromper, les dehors séduisants du patriotisme; on le reconnaît partout à son escorte qui est toujours la même: la Folie le précède et lui sert de guide; l'Egoïsme et l'Envie, l'Intolérance et les Trahisons marchent à ses côtés; et la Discorde le suit de tout près, armée d'un poignard dont il est souvent la première victime.

Rassurons-nous donc, nous tous que réunissent, à l'ombre tutélaire d'un gouvernement énergique et sage, l'amour et la pratique des vertus sociales; nous qui ne voulons pas le bonheur pour nous seuls, mais pour tout le monde; nous, enfin, qui ne demandons qu'à partager le nôtre même avec nos ennemis, même avec ceux qui, se réservant les biens, nous ont toujours laissé les maux pour apanage; oui! rassurons-nous, et plaignons, sans les redouter, les exclusifs de tous les partis que tient encore la rage de l'égoïsme: l'injustice et la folie de leurs prétentions seront à jamais pour eux une cause d'impuissante faiblesse, tandis que le bon droit et la parfaite union seront toujours, comme ils le sont aujourd'hui, la source d'une invincible force pour l'immense majorité de la nation..... Eh! d'ailleurs, que pourraient-ils faire de mieux maintenant que dans le passé?... Rien!... rien qu'indigner un peu plus ceux qui sont las de souffrir et de pardonner; rien que briser une fois encore, et peut-être pour jamais, leurs glaives sur le bouclier des masses populaires, comme le serpent de la fable brisait ses dents sur l'acier de la lime qu'il s'acharnait vainement à vouloir dévorer!

Mais non, tout sanglants encore de leurs dernières défaites, tout découragés à la vue du nombre chaque jour décroissant de leurs satellites, ces éternels conspirateurs ont actuellement plus besoin de réparer leurs pertes que de risquer de nouveaux attentats.— A nous donc d'employer activement à consolider notre avenir cette paix forcée où ils nous laissent! à nous de resserrer plus étroitement que jamais les liens sacrés de notre union!... et puissent, pendant ce temps, les moins aveuglés de nos adversaires, persuadés enfin que l'esprit de parti ne conduit à la félicité ni ses amis ni ses ennemis, profiter eux-mêmes de cette trêve précieuse, pour abjurer leurs funestes erreurs et déserter les rangs des malintentionnés, en leur jetant, pour conseil et pour adieu, ces vers si pleins d'à propos de Casimir Delavigne :

Nous devons tous nos maux à ces dissensions
Que nourrit notre intolérance...
Il est temps d'immoler au bonheur de la France
Cet orgueil ombrageux de nos opinions ! —

MESSÉNIENNES : *Les Morts de Waterloo*.

TABLE

DES MATIÈRES CONTENUES DANS CET OPUSCULE

	Pages.
INTRODUCTION.	5
Envoi	29
Le Retour de l'Aigle, I.	41
II.	43
III.	48
IV.	55
V.	59
VI.	65
Notes.	73
Première Note.	75
Deuxième Note.	81

IMPR.

FIN DE LA TABLE.

TYPOGRAPHIE DE LETAILLEUR-ANDRIEUX
à Gournay-en-Bray

195